歌集

ゆかり

桑山則子

角川書店

ゆかり　目次

ゆかり

はな

あそび

さくら

おもひ

装幀　岸顯樹郎

歌集　ゆかり

桑山則子

ゆかり

出雲

出雲にはいづくにも神の気配あり神在月を風わたりゆく

スサノオの縁《ゆかり》のやしろ須佐神社直《す》ぐたつ杉の太根に手《た》ふる

その社日沈宮《ひしづみのみや》と神の宮《かんのみや》二柱《ふたはしら》の神をともに祀れる

日沈宮——天照大御神
神の宮——素盞嗚尊

天上と地上に別れし姉弟日御碕《ひのみさき》神社にむつみてをらむ

出雲大社の二の鳥居前「縁」といふ店にて五百縁《えん》のおむすびを買ふ

四の鳥居銅の鳥居をくぐり入るここより本殿身のひきしまる

御仮殿しばし拝して神楽殿みあぐる注連縄聞きしにまさる

宍道湖のきらめく水面《みなも》ながめつつまがたまの里伝承館へ

なにゆゑにこころひかるる勾玉はわが身をてらすそらの三日月

なにゆゑにいたくちかしき勾玉はわが裡に秘む獣《けだもの》の牙

なにゆゑにかくもいとしき勾玉はわが失へる胎児のかたち

その因《いは》れ如何《いか》なるものやほかになき不思議のかたち　勾玉求む

帰り路もゆる夕陽といふを見き　まどかなるかたちのままに沈めり

日御碕神社にまつる天照　日沈宮といふを肯ふ

八雲たつ出雲に相応《ふさ》ふ　快晴の昨日あけたる今日の曇天

曇天の稲佐の浜に降りたてる神ならぬ身に小雨ふりくる

ふたたびを大社にむかふ道の辺に出雲の阿国の墓も濡れをり

小雨ふる神迎の道しゆくしゆくとすすみゆかむか神の宿まで

神話博映像館にていまいちど大蛇《オロチ》退治の神話に対ふ

やらはれし天《あま》つ須佐之男にやらはるる古《ふ》る国つ神や八俣の遠呂智《オロチ》

対馬

亀卜神事

対馬豆酘《つつ》雷《いかづち》神社の亀卜神事　亀甲にいま焼火あてらる
間なくして託宣　農林水産良　地震軽震　経済上々

亀蔵使《きざうし》の祝言に和せり「参候《サンゾーロー》」直会の御神酒われもいただく

戦跡

防人の嘆き聞こゆる金田城《カナタノキ》　白村江《ハクスキノエ》をかなたに見据ゑ

小茂田浜穏しく凪ぎて元寇の来襲しのばすもの何もなし

対馬海峡・朝鮮海峡左右《さう》にみる豆酘崎に砲台・弾薬庫跡

砲台跡は全島で31ケ所あり

激しかる戦さ遠つ代近き代の声なき声や波音たかし

古代より国境の島つみかさなる時の断片を記憶にきざむ

石積・石屋根

小雨ふるお船江跡は船だまりふるき石積みそのまま残る

荒き風しのぐに板状頁岩《けつがん》を屋根につみをり穀物小屋は

屋敷垣・岸壁・城壁　石積みの布積み・谷積み・鏡積み美《は》し

龍良山・瀬川

つり橋を渡りて瀬川の川床へ川の底まで花崗岩つづく

龍良《タテラ》山原始林より湧く清水ゆるく瀧なし瀬川にそそぐ

龍良山——天道信仰の霊峰

くだりくる山の清気のすがやかに樹々の間を縫ひ身に透りくる

多久頭魂神社

いにしへのあまた神々あまた教へ祀り護りて深き杜《もり》あり
高御魂《たかみむすび》神社・天道信仰遥拝所など

神木の大楠の背に巨木二樹　三角形なすま中に立てり

ゆるやかに身を出づるもの杜の気にひたりてのちを身に帰りくる

和多都美神社

五つ鳥居ひと条《すぢ》に通る神の道海より出でて社へ続く

松の根は龍のかたちに地を這へり海水をのがれ奥へ奥へと

豊玉姫のみ墓は磐座《いはくら》　まほらなす木立のなかは海の気にみつ

*

対馬には海・山・樹・石　異国との否異界《いな》との境の地なり

東山道

日本武尊ゆかりの巨き腰掛石湿りゐてひそと苔の匂ひす

昨日の雨に濡るる参道足もとの危ふし　人の手にささへらる

直《す》ぐ立てる大杉かしぐ大栃にかこまれ神坂《みさか》神社鎮もる

泥濘《ぬか》りたる細道のぼるその先にははき木ありと人の指さす

近づくほどとらへがたかり箒木と惑へるこころ似たりと思ふ

草もみぢ浅き野のみち東山道ひと所濃く紅く草燃ゆ

ふい打ちのなれが一石　とめどなく胸底に波紋ひろがりてゆく

姿見の池に並べるなれの影わが胸のうちを覗きてゐたり

水張田に姿うつせる桜あり下枝《しづ》に花をつけてかの春

桜木の紅葉はいまだ稚《わか》きまま水なき田の面《も》に野紺菊さく

われもまたもみづる桜枯るるまへ　いまひと度のはなやぎまとふ

舞殿は石敷けるのみ阿智神社の奥宮簡潔にして清浄

高みなる磐座四隅《よすみ》に角をなし東西南北四方を示す

御《み》社のもりに籠れり身のめぐり身のうちなべてみどりに染まる

境界

中山道碓氷峠の頂上に熊野三社は鎮座まします

吾嬬者耶《あづまはや》この地で日本武尊《たけるの》三嘆せり碓氷峠より雲海のぞむ

本宮の中央《まなか》を通る県境　東は上州　西は信州

二分さる新宮・那智宮それぞれに同じ八咫烏の御守り置ける

新宮——上州群馬県鎮座
那智宮——信州長野県鎮座

速玉男命《はやたまをのみこと》にあやかり八咫烏印《しる》せる翡翠の勾玉もとむ

速玉男命——心の健康の守護神

那智宮の科《しな》の木樹齢八百年信濃の語源になりたる木とぞ

神木をひとめぐりさらにふためぐり木の気ゆるやかに身にとほりくる

名物の力餅食ぶる茶店のなか県境赤く線引かれをり

わが席は信州連れは上州と卓の真下を県境はしる

国境・県境などといつよりや境界とふもの引かれはじむは

曇りたる空ややに晴れ雲海は樹海にかはり風わたりくる

葉ずれ聞く耳にさやさやよみがへるひとの噂と人の言葉と

言の葉に出してよき事わるき事その境界やあいまい微妙

人界と神域を隔つ鳥居あり両脇に双体道祖神たつ

そのかみの広大な杜しのばせて巨木残れり諏訪神社には

削られし社のもりやせまからむ巨木無言に幾樹もそびゆ

日常を離れ旅とふ非日常その間《あひ》をはしる線路　境界

線路の音耳にやさしもうたたねの後ゆるゆるともどる現実《うつつ》に

手賀沼

小雨ふる手賀沼にぶくひかりをり晴れゐたる昔の煌めきしのぶ

ふりかかる雨にぬれつつ沼をゆく蓮の葉をぬひ蓮見舟にて

早咲きの花を遠目に舟近き葉の上《へ》に雨滴光るも美《は》しく

手賀沼は路にてありぬ人あまた渡し舟つかひ往来なせり

沼面よりみゆる家並は二層なす　沼の辺の低地　奥の高台《たかだい》

沼の辺は埋め立て地なり新しき家々並《な》みたちひしめきてをり

高台は大正期よりの別荘地　実篤・宗悦・直哉ら住めり

手賀沼を眺めてめでし白樺派大正浪漫の匂ひたちくる

直哉邸この樹のうねりに覚えあり木の間隠れに手賀沼をみつ

帯なしてみえし手賀沼屋根に埋《う》もれ全《また》くみえざり　二十年《はたとせ》すぐる

諏訪

土着なる洩矢《もりや》の神は敗れたり　遣らはれたる神建御名方に

洩矢神まつれる御左口《みしやぐち》神社あり鎮まりゐますや贄欲りし神

いにしへは御贄《おにへ》柱に鹿の首・鳥・獣・魚・児も供ふとふ

身の内に熱きものくわつとわきあがりつむれる眼《まなこ》思はず見開く

だらだら坂登れるさきに本宮あり森閑として巨き樹多し

ふかぶかと巨き樹々の気うけとめぬ騒だてる心しづまりてゆく

諏訪人に聞く内証事　御柱《おんばしら》に手触《た》れて力をいただくといふ

大きなる一之御柱に手触れをり穏しくつよき力なみうつ

蒼々と涼やかなる気にみあぐれば沢のきは四之御柱たつ

秋の気に満つる秋宮　神楽殿の注連縄にみる出雲のゆかり

春宮の造り秋宮に似てゐたり宮大工らの競ひにじみ来

畑中に巨き石あり　その上に小さき尊顔　み仏御座《おは》す

清浄の気はみちゐたり小さき宮太き柱に四囲かこまれて

御柱四本すべてに手をあててなごむ心にめぐる前宮

——万治の石仏

始まりはこの地にてあり懐しむこころもろとも抱かれてをり

越中

月あかり灯《ほ》あかりのみちに胡弓の音聞きしと思ふ　風のすぎゆく

ぼんぼりのともる坂道風の盆に人あふれをり道を確かむ

かへりこぬ時のいとほし風の盆恋歌の一節よみがへる夜半

ほのぐらき聞名寺堂内奉納の踊り差す手の白さ際だつ

うつくしき所作の主なり笠はづし笑顔みせたる人は壮年

昨夜の雨あがりて歩く雨晴《あまはらし》海岸曇天の磯を義経岩まで

車窓より一昨日《をとつひ》みたる日本海まことに青きを今日は望めず

なつかしき能登氣多大社の御分霊　越中氣多神社ふかく鎮もる

静寂のしむる境内家持のゆかりの社もひそとたちをり

ふるこさん勝興寺境内いにしへの広さしのばせ隅に歌碑立つ

ふるこさん――古く国府のあった勝興寺の愛称

戦中に利用されたるは口惜しからむ　海ゆかばみづく……家持の作

道の辻すぎて戻れりかたかごの寺井の跡なる大き石碑に

寺庭に石仏あまた並びゐて秋の陽を浴ぶ国分寺跡

荒れしるき回廊の隅《すみ》くちゐたる仁王忿怒の面に立てり

朽ちゆくも残りゐたるも千年のうつろひ時のなごり伝へ来

はな

約束

折々の約束に似て花咲けり春なればさがす桐と藤あり

標《しるし》なす桐の一樹を見つけたりむらさきの花昨年よりとぼし

天にむき桐の花あり咲く花のとぼしらなれど凛と彩《いろ》濃し

ゆく道に一樹みつけてもう一樹たしかここにも　花みあたらぬ

花のなき桐は淋しも守られぬ約束ひとつ葉のみかかげて

山の間思《あひ》はぬところに野ふぢ咲きつねあるところも花かさを増す

この年の藤の花ふさむらさきの彩淡けれど群れてたちくる

さみしかる桐にかはりて藤さかりうすむらさきに春を染めゆく

*

小雨ふる文学館の庭の隅いつもの場所にわがブルームーン

こころなし安堵してをりたがはざる約束の場所に花さくを見て

しづくするうすむらさきの薔薇に寄るうすむらさきの香の匂ひたつ

雨の庭人のすくなしわがうちに心ゆくまで薔薇の香みたす

まもらるる守られぬともにいとほしきうすむらさきの花の約束

あぢさゐ

紅のふち濃くなりもはや隠しえず身のうちふかく炎もゆるを

みづのあをすくひ水色そらのあをうつし空色青ふかみゆく

火と水のあはひをぬけて日をあびて咲ける紫陽花うすきむらさき

月光のしたたる径をすぎしより皓々としろし夜のあぢさゐ

雨にぬれ風にふかれて七変化いろに出でたるこころうつろふ

白き花

カサブランカのつぼみふくらむひさびさの雨に潤める朝の庭隅

二尺ほどのびたる三株　つりあはぬ大き七つの蕾ふくらむ

輝やける白き花束つぼみ七つ全開ののち一花散りそむ

つぎつぎと散るカサブランカ　遅れ咲く晩花も雨をうけてちり果つ

雨ののち十薬のしげりめざましく庭の一隅占めて花さく

あらあらと抜く十薬の匂ひたちあらがふ　薬となりうる自負に

ぬきすてたる十薬の量《かさ》小山なし雨あがりの庭しるく匂へり

とりどりに彩あざやけき花群にぬきいでて白きあぢさゐのあり

濃き青にこき紫に隣りあふしろきあぢさゐ白きを誇る

遊歩道

遊歩道をりをり通る季《とき》の間《ま》にめぐりの樹々も家並もうつろふ

一人居《ゐ》の姿いつしか見ざるまに更地となりたる知り人の家

紅梅の花濃くさかる日向道　日陰の白梅蕾かたかり

更地には家三軒が建ちあがり販売中ののぼりはためく

やうやくに日陰の白梅花をつけその枝のうへ雪ふりかかる

一隅照らし

松が根に春の七草よりあへり福寿草ひとつ他と離れて

二本《ふたもと》の間をぬへる細き川　紅梅白梅枝さし交はす

はにかみて向きあふ男雛女雛なり桃の花淡くつつむ木のもと

緋桜の散りのまがひに聞こえこしさくら花片のくすくす笑ひ

紫の濃淡一色あやめさく五月の風を花かげにうけ

青き薔薇くれなゐのばら白き薔薇　花束にして君に届けむ

水の辺にむらさき浮かび雨模様しとどぬれをりあぢさゐの花

竹林に青竹紫竹のたちならびその節ともす螢よほたる

大輪の朝顔五つ咲きのぼりたよりなげなるつるの先なり

縁側で猫が花火をみてをりぬ蚊取線香ひとすぢくゆる

満月を背にして桔梗咲き乱る　今宵の月はわたくしのもの

もみぢ葉の黄に紅に輝《き》らふ下かげに穂すすきほのと白きをゆらす

白椿紅椿ともに咲きそろひ雪催《もよ》ひの空みあげてゐたり

樅の木に雪ふりつみて星冴ゆる　みな眠れかし静寂の夜《サイレント・ナイト》

季節感とぼしくなりたるわが部屋の一隅照らし絵手拭あり

春の気配

すこしづつ気づかざるまま身のうちにつかれつもりて冬に埋《うも》るる

いつしらに木瓜の花さくほそき枝にふふむ蕾をみしりとかかへ

すがれたる初花かかげ白椿下枝にほつほつ蕾つけをり

隣り家の梅の古木に灯のともる他所よりおそくうすくれなゐに

雨ののち風ぬるみたる庭のすみ水仙一輪茎たかく立つ

あかときの西空にほのと二日月昨夜みざりしがかかりてゐたる

思はざる位置に三日月冴えゐたり眠れぬ夜を勾玉おもふ

をりをりにあがなひきたる勾玉のわが歳の数を超えてふえをり

雛の日は桃に菜の花ちらし寿司錦糸卵にイクラをのせて

伯母・母の昼餉に手作りちらし寿司　届けゆく道桃の花さく

ちらし寿司みて花の笑み九十歳こえたる二人が少女に戻る

風あらば香り届けよ沈丁花かたき蕾のはやほころびて

風たちぬ　通りすぎたる沈丁花懐しき香に呼びもどされぬ

すこしづつ気づかされをり身のめぐり季節《とき》うつりゐて春の近づく

しめつけるものとき放ちゆるやかにわれほどけゆく春の気配す

あそび

年はめぐりて

眠れざる夜の底ひに湧き出でてしたたりやまぬ思ひいと憂《う》し

失ふを恐るる縁《えにし》秘めもてばぶしつけにものを問ひくる人《ひと》ら

捕はるるこころ放たむ夜のしじまつき破り吼ゆる自由を少々《せうせう》

美しき嘘をつく人永遠《とことは》に君を愛すと　薔薇匂ひたつ

絶つべきやあき風ふけばまどひぬるこころ処《ど》に時雨ふりみふらずみ

みるみるに疑心暗鬼の雲わきて逢ふ魔が刻に嫉妬という魔《ま》

生れくる悩みの先に恋の辻どの道がよしやまた迷ひ辻《つじ》

必需なるやさにあらざるやひとつ恋いま唐突になれに試さる

去る人を追ひすがりゆくひたむきさ激しさ持てざる悲しきひとり

とりとめなく恋の呪文をとなへつつ五里霧中なり夜の道往《い》ぬ

射貫くほどまなざし強し受けとめむおもひはくめどもつきぬ沢の井《ゐ》

居場所ならこの胸かさむためらへる耳にやさしもなれがしのび音《ね》

十二支しりとり

「滄」百号記念によせて

その時はふいに来たりぬ「人」解散　覚悟問はれてわれを失ふ

うたよむをやめざると決め「滄」に入る気づけばはやしすぎゆく時は

「人」の仲間再結集す「岡野弘彦百首」にむけて心は一体

やすからぬ仕事にあれど尽したりつもるおもひをもてるちからを

苦労などものともせずにはげむ友　感じ入れどもその身を懸念

我《が》を通すこと多くすぎもはや古稀信じがたしよ熟成の時期

うつつなく雲の絶え間に月をみつ雲より出でて入りゆく虚空

生真面目はわが性《さが》ならず不真面目にあらず非真面目をとほしきたるが

年に四度発送作業をせし折はまじめなわれでありたりいたく

二十五年間「滄」百号まで続きたり有難き日日といふにあらずや

詠みつづける意思のみかためその他はゆうらりゆかむと決めし杳き日

世間並そんな基準はありませぬわれはわれにて意気は軒昂

手を引きて先導する友背をおして後押しする友　友ありてこそ

草も樹もなくせしものもかへりくる古き歌集をいまひもときて

わが夢はつねかへりゆく旧き家草も樹もみなもうあらざるに

やはらかに君をうたへる若き日よ貧しくあれど満ちたりてをり

真向ひて君の告げこし言の葉のああ桜ふぶきはなふぶき浴ぶ

望まねどふり積りくる何かあるうけとめて今を守りゆかむか

凜として流されずただたんたんとくらしゆかむとおもひ定めつ

こののちもうたひつづけてゆくだらう　やめざるは意志ゆるくしぶとく

「沓冠《くつかぶり》」にて滄百号記念を祝ふ

かくしごと

につまらぬ・につめ

歌の想煮つまらぬ夜は賜はりし金柑の実を煮つめてゐたり

歌の草につまらぬあれこれ考へつつ金柑の実を瓶に詰めをり

ふいに覚め夜半寝つかれず詮なしよ和葱の酢みそをつまみに一杯

よはね・よわね

そつなしと見えゐたるひとをみ直せり酔はねば言へぬ弱音をききて

うにかずのこ

季節感とぼしくなりぬコスモスの群咲き歩道に数残りをり

正月膳北国生まれの伯母・母に奮発したり雲丹かずの子を

まつ・たけ・うめ

賀状には松竹梅に添へられて誰が作ならむ恋歌一首

待つだけの恋はやめよう思ひのたけぶつけてみようめくるめく日に

かんき・きになる

年明けはあたたかき日の続きをり　来るとふ寒気の気になる予報

この年は当り年なり道すがら蜜柑金柑あまた木に成る

男親感極まりて泣きになるよく見る場面結婚式にて

かくしごと

風邪に伏す夢の中まで追ひかけて我を悩ますもの書く仕事

椿油の濃き香櫛ごと匂ひくる　丸髷結へる母思ひ出づ

せきに出で空《から》となりたる隠しごと蔵むる胸の底浅ければ

ね

子の年のまためぐり来て年女　息子と夫の世話に追はるる
音をあげるほどにあらねど日常にいささかあきてゐるのも本音

値あがりは日々の暮しを狙ひ打ち安値の玉葱買ひ込みてゐる

根も葉もなきうはさ話は信じませぬ根は天邪鬼の怠け者にて

寝つかれぬ夜半みあげたる月の面《おも》ひとり寝のうさぎうつりてゐたり

さくらさくらん

さくら

桜鯛桜海老あはき桜色　桜餅には桜湯そへて

暑さ寒さ明るさ暗さの朝夕で差がつく季節の変り目のころ

さくらん

心こめ手入れなせるを確認すひときは艶《あで》に咲く蘭をみて

一時的錯乱として処理さるるあまりに反応激しくあれば

明日できることは明日に　桜桃《さくらんぼ》いま食べることを最優先に

さくらがり

つれだちて洞くつめぐり好ききらひ二人の温度差暗がりのなか

桜狩り紅葉狩りとて遊びたり春夏秋冬季《とき》のすぎゆく

言葉かさねて

ひさびさに母帰りくるこの機会敷布掛布を夏季用に替ふ

機械化の及ばぬ領域　手びねりの花器をつくりて趣味の生け花

いまわれは爆発寸前　火気厳禁　垣根の向うに紅薔薇ゆるる

穏やかにむきあひ寡言《かげん》に振舞はむ　言行はつねに一致をみせず

〈頑張る〉といふ言葉いまも嫌ひにてすべてそこそこほどよい加減

窓の外《と》の下弦の月に思ひ出づ古庭に咲きし宗旦木槿

この日ごろ経済観念下限ぎみ予算の上限いつもはみ出す

吾が持てる知識を駆使して作歌中　苦心惨憺悪戦苦闘

締切の迫るに無駄なことばかりする奇しき性《さが》を笑ひ肯ふ

句読点打つ位置迷ひ書き損じ原稿の反故量《かさ》を増しゆく

大雨ののちの日射しの強ければ出番のつづく雨傘日傘

〈笠に着る〉ふるまひもとより好まねばすきま風には重ね着をする

この宵は暈のかかれる四日月　三日月よりもふとくおぼろに

辞書のなか同音異義語を探しをり思ひかさねて言葉かさねて

さくら

写真展より

Ⅰ　大震災の年に

牡蠣筏折れたる太枝にからむまま一樹のさくら天を仰げる

大津波は樹の半ばまで侵しをり折れたる太枝のうへに桜《はな》さく

電柱はなぎ倒されて車ボートころがる脇にさくら生き残る

流されて積み重なりて瓦礫なす車の山を背にさく桜

誰も居らぬ役場の庭に立ちつくし春を告げくる桜の幾樹

日和山《ひより》より桜の枝《え》ごしにみゆるものつらなる瓦礫その先に海

震災のその年の春被災地になほ花をさかす桜の写真

Ⅱ　あれから一年

牡蠣筏とりはらはれて昨年よりは乏しらなれど桜咲きをり

地を覆ひしめぐりの瓦礫はすでになく桜の根方に雷神塔もどる

大津波到達したるその線上植樹されたる河津桜さく

——陸前高田の桜ライン

積み重なる車の山は昨年のまま背にして桜ことし色濃し

瓦礫ほぼ取りのぞかるる荒地のなか枝折れの幹に胴吹きの桜《はな》

日和山よりふたたびのさくら海岸に瓦礫は寄せられその先に海

しんさいの被害者にして目撃者　証言者として桜さきつぐ

求めこし

福岡

道さらにけはしくなりぬ崖下の沢音ききつつ登山道のぼる

歩を止めてみわたせば緑　深く浅くみどりのありて桜はみえず

たどりつく虎尾桜すこやかにのびゐる幹をただにみあぐる

ふるふると尾をふる虎に似てゐたり横に流るる高枝みつむ

山の斜《なだ》り高く枝をのべ陽を待つや　あからむ花芽に春の陽至る

ふふみたる秀つ枝の蕾をりからの春陽をうけていまひらき初む

けはしきも足場わるきもわすれをり　高嶺の桜の開花に出逢ふ

佐賀

車窓よりかなたにみゆる白き塊《くわい》　明星桜の樹下にせまれり

岡のうへの白き鎮もり咲きみつる桜の根方へ段のぼりゆく

遠目には一樹の桜　主幹折れ四《し》本の支幹の太きがのぶる

をれゐたる主幹を守る姿にて明星桜の咲き鎮もれり

夜の灯に星のごと輝く桜といふ　夜をまたずに夕べ別かるる

鹿児島

奥十曽《おくじっそ》の桜にあひに新幹線「さくら」に乗りて九州南下

ただ独り花を咲かせてさくらあり山峡ふかく人に知られず

さきてちるさくらをおもふ六百年しる人もなくみる人もなく

桜までのぼる木枠の道長し峡ふかければぬかるみ多く

人しれず天へ天へと枝《え》をのばす桜の樹高は九丈《ぢやう》余り

たけたかき太幹ささへ地をつかみよぢれ苔むす異形《いぎやう》の太根

樹の高みかなたに白き桜みゆ満開のはな咲きのさみしき

身は若くあらねば桜ふたたびの逢ひはかたしよひたすらみあぐ

＊

求めこし桜いづれも思はざる姿にて生く　いのち愛《いと》ほし

季のすぎゆく

桜桃《さくらんぼ》食めば思ほゆこの年にまみえし桜の花のあとさき

こころひとつ整はぬまま旅に出づ遠《をち》の桜を訪はむとするに

迷ひたるこころそのまま道にまよふ細きみちの上《へ》さくらふりくる

みあぐれば百年ほどの若木たつ求めこし古き桜ならねど

思はざる出逢ひも一会《いちゑ》　ふる花にひとときひたりこころ解きゆく

しる人もなく山峡《かひ》に六百年桜ははなを咲かせてゐたり

太き根のねぢれ苔むし太幹は天をつらぬく一樹の桜

なにおもひさきてちりゆく　九丈の高みの梢《うれ》に花をかかげて

古る桜みあげおもへりさきに逢ふ若き桜の五百年のち

さきてこそさくらは咲くら降るゆゑにこころにふるる桜よさくら

桜にはさくらのおもひ　人われのおもひ重ねて　季《とき》のすぎゆく

虚と実の

下呂

夕暮れの苗代桜半ばちり水張田にしるく花筏うく

暮れなづみ冷えまさりくる夕桜今宵ばかりは闇の待たるる

山の端《は》に陽は入りはてつまこと青き空の一隅さくらしづもる

灯あかりに浮き出づる桜　田鏡に映るさくらのふいにいきづく

目を伏せてまた目をあげて虚と実《じつ》の上下なす桜飽かずみくらぶ

実を超え虚の美しき　水の面《も》に苗代桜いまを盛れる

あふぎみる苗代桜の花のうへ闇深む空に三日月冴ゆる

福島

あでやかに花ふぶかせて子桜の樹齢五百年寺屋根おほふ

——福聚寺

いくたびの合戦みたるや大しだれ風にふかれてただしづかなり

——合戦場

しだるるとしだれざるとが並びをり同じ親もつ桜の双樹

——天神夫婦桜

異《こと》なるも時によからむ　実生《みしやう》にて親と姿のことなるさくら

四百年地蔵仏を守り立つ祖母よりも紅の濃き孫桜

——紅枝垂地蔵桜

子も孫もすこやかに育ち私も千年はなを咲かせてをります

——滝桜

滝桜　一族を統べて千年を三春の里にいのちともせり

ひとひら

白河

名にし負ふ白河関の跡にたつ堅香子の花いまさかりなり

ひろらかな関跡にこころときはなちただかたかごの花をみて来し

しだれ枝のつぼみふくらみ政宗にゆかりの桜時をまちをり

乙姫の名にはふさはず厳めしき肌《はだへ》もつ幹太くたくまし

いかめしきはだへにうらら春陽さし乙姫桜の一枝開花す

――妙関寺

塩山

寺屋根を越えてしだるる糸桜時をとらへて風なきに散る

風たちて花ふぶきくる惜しげなく残れる花を散りつくさむと

糸桜片へにたちて浴びてをり春のなごりのさくら花びら

――慈雲寺

武蔵

崖のなだりさかり咲く大き山桜風にさそはれはなびら流る

――光厳寺

山桜その花びらのはかなかり散り落ちず風をうけてながるる

流れくるさくらひとひらくちびるにふれてゆきたり今日のかたみに

今年のさくら

相模

千年の桜のいのち願はずも九十《くじふ》の母の今年のさくら

昨年《こぞ》の春腹膜炎の手術せし母の一年　さくらまたさく

となりあふ伯母・母の部屋その間《あひ》に一樹のさくらありて花咲く

九十の坂ともに越えこし伯母・母に弁当つくりて窓辺の花見

千年の遠《をち》の桜を訪ひゆかむ近《こち》のさくらを伯母・母とみて

伊那

伊那の地へ「あずさ一号」にとび乗りてわが逢ひにゆく千年桜

呼びたるは権現桜またの名を夫婦桜といはるる桜

伊那の地に千年ながらへ紅白に花色ことなる二幹をもつ

二つ木の寄り添ひ一木《ひと》になりたるとふ夫婦桜のいはれを聞けり

中曽根の原みはるかし千年の桜ゆるりとその身ふるはす

日照り雨うけつつあかず見つづくるいまだ二分咲きことしの桜

秋田大曲

一昨日《をとつひ》の大雨に負けず現場復旧　雄物川のそらに花火があがる

花火師の思ひと技よ　予期せざる花火があがる桜の色に

夜桜と名づけられたる花火なり群れさき枝垂れ空を染めゆく

八月の夜空彩る桜色ことしかぎりのさくら咲き消ゆ

逢ひにゆく

病む夫を残して桜に逢ひにゆく　日帰りならばと笑みくれしゆゑ

島田

寺屋根を覆ひしだるる糸桜崖の傾りにしかと根を張る

――慶寿寺

散るきはのいのち静けし　みなぎらふ盛りの季《とき》をすぎし桜の

鴻巣

古る幹に添へ木隅なしはなの色やや褪せ桜ちりなづみをり

――満願寺

風しばし吹かずにあれな散りなづむこのひとときの桜に対ふ

月光あびて

松本

寺の門入らむとすれば昨日の雪はだらに残り道のぬかるむ

開《さ》くを待ついのちたゆたふ　昨日の雪消《け》残る寺の桜木の梢《うれ》

古る桜あまた立ちゐる安養寺さくらめぐりて時を忘るる

ゆるやかに時の流るる一服の抹茶いただき桜にひたる

松本城ゆるりとめぐる　大糸線発車時刻にまだ余裕あり

堀に沿ひ桜の枝《え》ごしに烏城八方ことなる姿みあかず

姫川

わが宿の眼下に姫川流れをり堤に条《すぢ》なす桜満開

暮れはやく空に三日月　灯あかりに堤の桜ほのと浮き出づ

三日月の光《かげ》しるければ寺庭の残雪《はだれ》に立てる桜木おもふ

ふる雪の記憶抱きて眠りゐむしるき月光あびて桜は

おもひ

すこしだけ

命日にあらず生日　一月は思ひ出さるる亡き父の酒

すこしだけもうこれ一杯といひながら一升瓶を空《あ》けし父なり

胃の手術なしたる後も助かりし命と父は酒をやめざり

良き所すこしだけ父に似ると思ふ悪しき所の方が多きに

亡き父へ生日に供ふる猪口《ちよこ》の酒やはり湯呑にとりかへようか

痛むひざかかへてすごすこの日頃すこしだけこころ神妙になる

燃えつきの症候ならずや誘ふ声あるに応へず揺れず動かず

すこしだけいまの自分を変へたくて朝焼け色のスカーフを巻く

桃の花今年も飾る子が逝きて三十七回めぐる雛の日

屋根裏の一隅を占めテディベア・ピーターラビット・雛人形あり

ぬひぐるみのまなかに置かるる紫の小座布団ひとつ　亡き子の居場所

汝《な》が居場所定まりてよりすこしだけわが胸の裡やすらぎてゐる

春一番吹きすぐる夕《ゆふ》屋根裏の木の香つねよりすこしだけ濃し

伯父は笑顔で

突然の夜半の電話に伯母の声　のりちゃんいまね秀ちゃんが死んだの
慌しく救命士に替り説明あり　先ほど自宅で亡くなりました

安らかに自宅で逝くこと難《かた》き世なり検案のため遺体運ばる

寒き日に浴衣一枚身にまとひ伯父霊安所に横たはりをり

子のをらぬ夫婦にあればむつまじく互ひを案じより添ひてこし

誕生日・盆・暮れ会ひにゆく度に「もしもの時」を頼まれてをり

友人に囲まれ眠る伯父の顔穏やかなりき別れの刻を

言葉なき伯母のかたはら年子《としご》なる母ゐて人らに挨拶しをり

眠りたる姿のままに横たはる伯父でありたる骨　白き骨

まへからの約束なれば子に代り葬儀のすべてをとりしきりたり

約束は果せた？　遺影にわが問へば声なく答ふ伯父は笑顔で

その夜はひとりみあぐる　耿耿とただかうかうと空に満月

イヴの前夜の

朝早やの冬晴れの空に白き富士故郷《ふるさと》に帰る伯父を見送る

故郷は越後三条　若き日に出で来て骨となり帰りゆく

ふぶく日と吹雪く日の間《あひ》つかのまの曇り日となる伯父のふるさと

雲あつく暗みたる空のひとところ青き空みゆ寺へとむかふ

雪とくる車道の両側壁のごと雪積まれをり高く分厚く

この土地の慣ひや骨は骨壺より出だされそのまま墓に納めらる

読経の声響かひ伯父の骨片はいま故郷の土にかへれる

分骨と小さき写真携へて独り居となる伯母を送れり

帰る途の車窓にみゆるスカイツリー　クリスマス色に赤く灯れり

クリスマス・イヴの前夜のあかりみゆ長き一日《ひと》の無事をはりたり

生還

蜘蛛の巣にからめとられたる姿してあまたの管につながるる母

四時間余の腹膜炎の手術に耐へ集中治療室に母は眠れり

思はざる大手術にて横行結腸に人工肛門を余儀なくされぬ

水分の排泄がうまくできてません　手足の浮腫《むくみ》とみにはげしき

意識なく眠りたるまま二週間　手足の浮腫ややにひきくる

行つてきます　元気に手術に向ひたる母を思へりとく帰り来よ

呼吸器をはづされ目覚めたる後も母に言葉なく七日がすぎぬ

失語症　認知症もまたやむなきか　新たなる不安わきてやまずも

意識なき時と変らずひたすらに頑張つたねと吾はくり返す

唐突に　あなたがあまりにやさしいからもうだめなのかと思つたわ　と母

生還の一言なれば大笑ひ　やさしい娘はもうやめるから

誰よりも驚きゐたるは母ならむ目覚めればあまたの管につながれ

いくたびも覚悟を決めては決め直すこれまでの日々を笑ひに流す

大正の女は強し　たくましくよりたくましく母かへりくる

みたびの雨

手術をへ遠く居る母　この雷を知らず眠るや管につながれ

ふい打ちの出来事なりき　腹膜炎母を襲へり　緊急手術

案じつつ母を残し来その夜はわが裡うつすどしやぶりの雨

昏昏と眠りゐる母呼吸器に声を奪はれ浮腫《むくみ》はげしく

頑張つたね　その一言を伝へたく意識のあらぬ母の手さする

呼吸器をはづされたる日声の出ぬ母にもしやの不安わきくる

かへり来よ手術の前に　言葉なき母にむかひて秘かに念ず

不安のみわきくる夕べ身を濡らし横なぐりに降るふたたびの雨

じりじりと暑さ続けり乾きゆくは地のみにあらずわれのこころも

乾きたる大地を濡らし雨の降るすべてを濡らし雨のふりくる

いま母は混沌の闇を通り抜け笑顔みせくる術後ふた月

風と遊び屋根わたりゆく白き雨みたびの雨にこころうるほふ

三日月

睦月

ひさびさに母帰り来し部屋の隅《すみ》シャコバサボテンの花咲《ひら》きそむ

要介護５・身障者手帳を持てる身と思へぬまでに母回復す

記憶にも衰へ見せず戦時下の話する母卒寿を超えて

仏壇の父に朝ごと掌を合はすわが慣ひ母の手術の日より

介護付高齢者施設の食事には不満なるらし母の日日《にちにち》

たらばがに牛肉寿司と好物を御節《おせち》に添へて母に用意す

暖かさもどりたる部屋みるみるにシャコバサボテン満開となる

正月に帰宅し施設にまた戻る母なり　いつでも帰つておいで

すこしづつ母にやさしくなるわれか昨夜より太りて三日月ひかる

如月

庭めぐるわが袖をひくもののありみかへれば木瓜の蕾ひらけり

古庭より移すに小さくきり詰むる木瓜のいつしか枝をのばして

母の部屋のシャコバサボテン花の色鮮しきまま乾《ひ》涸《から》びてをり
ふたつ三つ花摘みたればサボテンはかわける音をたててあらがふ
サボテンの涸びたる花そのままに残し待ちをり母の帰宅を

かへりくる母の居場所は仏壇に父の写真が常に笑む部屋

弥生

凋びたるサボテンの花つみて作る弥生三日の花摘袋

屋根裏の隅むらさきの小座布団亡き子の居場所定まりてゐる

雛の日は曇りのち晴れの空模様こころもやうはくもりたるまま

子が逝きて四十年過ぐ　雛の夜は空の三日月ただみつめをり

告知

腿の痛み訴ふる夫　診断は坐骨神経痛　ふた月を経ぬ

すこしの間《ま》神経痛の治るまで期間限定よき妻をせむ

去りやらぬ痛み再度の検査の末医師の告げくる　骨の癌です

癌告知あまりに急なことなればとり乱しゐる暇《いとま》すらなく

検査入院　組織検査の当日に夫発熱す　入院長びく

よき妻の期限延長　転移などなきこと祈り結果まつ日々

検査結果まつ日々長し　晴天の青つきぬくる空をみつづく

根治不可　前立腺よりの転移です　医師の説明いたく淡淡

うけとむる夫穏やかなり　よき妻の期限を無期とす質はおちるも

体勢を整へるべく退院す　あくる夕べに転倒骨折

弱りたる大腿骨の耐へきれず　救急車にて再入院す

腿の骨に金属棒のあきらかなり整形手術後のレントゲン写真

ホルモン治療・放射線治療をうくる夫　食欲はあり顔色もよし

晴れずともどしや降りならねばよしとせむ曇天の空ややに明るむ

自然のままで

こころほどからだのつよくあらざればたはやすく風邪に打ち負かされぬ

いますこしふみとどまれると思ひしに鼻血鼻水したたりやまず

ほそるこころなだめつつからだやすめつつ夫の次なる検査に向ふ

希望的観測もろくもくづれ去る　画像に転移の拡散しるし

落胆の隙間を突かれ下痢・嘔吐　夫婦ともども病にくだる

たまるものあげてくだしてからからになりたる胃の腑　心のうちも

かくなればむりせず気負はずまゐらうか体重少しおとしたるまま

よごと夜ごと月ふとりきてからからになりたる心をみたしてゆけり

そめざると決めし頭髪日を追ひて白髪の領域ひろがりてゆく

車椅子たくみに繰《く》りて夫の言ふ　自然でいいよ年なんだから

折々に求めこし小さき内裏雛数ふやしつつ雛の日迎ふ

わが生るを祝へる古き雛もあり戦後貧しき時代《とき》のなごりの

小さき雛いくつも飾る部屋の隅そこのみ弥生華やぎてゐる

雛ののちまこと明るきひと日あり　光につつまれひたすら眠る

なにもせず何事もなくすぎてゆけ古稀となるまでふた月あまり

小さく安堵す

この日ごろ時のすぎゆき慌しいづくにかこころ忘れたるまま

父の享年超えて迎ふる誕生日夫七十四歳　小さく安堵す

花ひとつ求めずすぐる古稀の夕　凍れる薔薇《プリザーブド・ローズ》を友の届け来

母に昼餉届けゆく道つるばらの蕾ほころびほのか香れり

新しき薬効きしかこの月の血液検査の数値下がれる

また一つ小さき安堵の重なりぬわれらの生《あ》れし五月うるはし

居場所

仏壇を食器戸棚を本棚を移動して作る母の居場所を

腹膜炎手術の後の日日《にちにち》をケアハウスにて落ち着きし母

夫の発病つづく骨折　一階の自が部屋を母譲りくれたり

この夏の猛暑にめげてホームシック母しみじみと　家に帰りたい

おそらくは母の我慢も限界と物置となりゐる書庫改造す

大きなるマッサージチェア搬出す四人がかりで二時間かけて

屋根裏よりマットレス布団二階より小物もろもろあれこれ搬入

手作りの折紙人形造花など飾りやうやく居場所完成

連日の悪戦苦闘を忘れたり母の安堵の伝はりくれば

新しき母の居場所に鎮座する仏壇　写真の父が笑みをり

ユル・ブリンナーが通じない

背合せに隣りたる家いつしらに代替りしてひそと越しゆく

建つるより壊すのはやし裏の家十日経ぬ間に更地となりぬ

じりじりとのぼりゆく数値　抗癌剤使用を考慮と医師の告げくる

じわじわとつのりくる不安　抗癌剤治療の副作用脳裡をよぎる

隣り家の更地となりてわが庭は風の道なり台風過ぐる

荒れ狂ふ風音しばし止まざれば思ひをり夫の心模様を

抗癌剤治療の不安をいふ我に「ユル・ブリンナーもステキよ」と友

癌病《や》みし友の言葉を伝言す「シオちゃんキライ」と夫の反応

週に一度入浴介助とリハビリに看護師・理学療法士来宅

話題の主ユル・ブリンナーが通じない「誰ですか？その人」と若き看護師

ユル・ブリンナー「薬の名前ですか？それ」理学療法士には人ですらなく

世代間ギャップのかくもしるければ夫の不安も笑ひに紛る

いざさらばユル・ブリンナー　一世を風靡せし名優スキン・ヘッドの

大雨をうけてつや増す黒き土更地にはやも草の生えそむ

夫へ

抗癌剤使用の有無の分岐点血液検査の数値　気になる

あるいはと期待半分あるいはと不安半分　分岐点越ゆ

足指の巻爪の傷が邪魔をする抗癌剤治療にうつる頃あひ

さういへばあの時もまたあの時もちひさきつまづき決断のまへ

大事のまへ小事にいつも邪魔さるる宿命なるらし夫の場合は

心境の変化によるや書きためし古き随筆夫まとめをり

入院治療の予定延長　副作用の不安もすこし先にのばして

これまでもちひさき不運をくつがへし幸運つかみし夫にてあれば

緊張の糸ややゆるむこの夜は勾玉・貴石《パワーストーン》に心よりゆく

我をいやす小さき石ら　太古よりの時の賜物大地のかけら

なにねがふといふこともなく集めこし小石の力を今は頼まむ

結集せよ大地の力　あつめたる小石の力　すべてを夫へ

*

いま夫は抗癌剤にて治療中　いつもの笑顔たやすことなく

あとがき

『ゆかり』は、『まつり』に続く私の第五歌集である。主に前歌集以後の作品を中心に、五〇〇首を五章に構成した。

章をたてるにあたって、主に次のような思いを各章に収めてみた。

ゆかり　旅のゆかり
はな　四季のはな
あそび　言葉あそび
さくら　折々のさくら
おもひ　日々のおもひ

二〇一五年、伯父が逝去。母の姉である伯母夫婦には子がなく、伯父の葬儀・納骨などを取り仕切った。その後、我が家の近くのケアハウスに伯母の入居を手配。

二〇一六年、母が腹膜炎で緊急手術。人工肛門（ストーマ）となり、伯母の居るケアハウスの隣室に入居。

二〇一七年、夫の癌発病、骨転移による大腿骨骨折、以後の闘病。

前歌集以後、めまぐるしく日常が変化したため、「おもひ」の章の作品が他章より多くなった。

ゆかりは縁。旅のゆかり、桜のゆかり、その他さまざまに織られた縁の糸。縁ある身近な人々への思いは、仏壇に手を合わせる日々の祈りとつながる。それは外に向けられる大きな祈りの源となるささやかな祈りである。

縁から生まれ来るもろもろの思いをこめて、歌集名は『ゆかり』とした。


出版にあたっては角川文化振興財団「短歌」編集長石川一郎氏ならびに吉田光宏氏に、装幀は第一歌集からひき続き岸顯樹郎氏に、たいそうお世話になりました。

また「滄」「ねむの会」などの歌友をはじめ、多くの友人知人に支えられて今日あることをしみじみと感じています。

あらためて、多くの縁でつながる皆様に、心からのお礼を申し上げます。

二〇二〇年三月三日

桑山則子

著者略歴

桑山則子（くわやま・のりこ）

一九七四年「人」短歌会入会
一九九三年「人」解散
一九九四年「滄」短歌会入会
一九九八年　歌集『かすみ』出版
二〇〇三年　歌集『さくら』出版
二〇〇八年　歌集『いのり』出版
二〇一三年　歌集『まつり』出版

歌集　ゆかり

2020（令和2）年5月9日　初版発行

著　者　桑山則子
発行者　宍戸健司
発　行　公益財団法人 角川文化振興財団
〒102-0071 東京都千代田区富士見1-12-15
電話03-5215-7821
http://www.kadokawa-zaidan.or.jp/
発　売　株式会社KADOKAWA
東京都千代田区富士見2-13-3　〒102-8177
電話 0570-002-301（カスタマーサポート・ナビダイヤル）
受付時間11時～13時／14時～17時（土日祝日を除く）
https://www.kadokawa.co.jp/
印刷製本　中央精版印刷株式会社
 ISBN978-4-04-884350-8 C0092